황규환 제3시집

구름과 바람이 흘러가는 동산

여적

인생이란
스스로 선택한 길을 걸으며

미지의 세상을 살다가
추억 속에 묻히는 것이다.

구름과 바람이 흘러가는 동산

초포 **황규환** 제3시집

한누리미디어

시인의 고향

 늘 꿈에 그려보는 내 살던 고향은 봄이면 소쩍새와 뻐꾸기가 울고 뒷동산에는 산토끼가 뛰놀며 앞동산 위로 달이 뜨는 밤이면 탐스런 달맞이꽃이 탐스럽게 피고 개울을 따라 늘어진 버드나무와 벚나무가 어우러진 꽃동네였다.
 개울 풀섶에는 쉬리와 동자개, 버들치가 뛰며 물방개가 헤엄치며 그리는 동그라미가 아름다운 앞개울에는 모래톱이 예쁜 모래섬에 엄지손톱만한 조개들의 놀이터였다.
 여름이면 초저녁 목욕하는 여인들의 함성이 들리고, 겨울이면 얼음지치는 악동들의 모닥불이 소담스러운 곳, 느티나무 큰 가지에는 그네를 매고 단오절에는 아가씨들이 시합을 하던 순박한 사람들이 살았다.
 산에 오르면 숲에서 풍기는 가슴을 시원하게 열어주는 피톤치드가 강원도 산보다 짙게 풍겨주었고 봄부터 가을까지 뻘기며, 산딸기, 보리뚱, 개암, 밤과 아그배 등 아이들의 주전부리 창고였다.

마을에는 기와집보다 초가집이 많았고, 집집마다 앵두, 복숭아, 고욤과 석류, 포도, 감, 배, 살구 등 과일나무와 골담초, 하눌타리, 구시자 같은 역초도 많았으며 집집마다 꽃들이 풍성하게 피어 동네를 환하게 했었다.

지금도 밤이면 기차의 기적소리와 철길에서 나는 바퀴소리가 들려오고는 한다. 고향을 떠난 지 오십 년이 넘으니 어디서든지 마냥 그리운 고향이다.

특히 보문산은 내 어린 시절의 놀이터였고 꿈을 실어준 선생님 같은 곳이다.

黃 奎 換

차례

제 **2** 부 — 여름나기

차례

一
제
4
부
一

전
방
의

겨
울
나
기

차례

一 제 **6** 부 一

광대들의 노래

제 1 부

오늘은 푸른 비마이고 싶다

오늘은 푸른 비마이고 싶다

하늘이 반쯤 열린 날은
구름 사이를 달리는
푸른 비마가 되고 싶다

커다란 풍선처럼 부푼 마음을
힘찬 투레질로 감추고
윤기 있는 갈기를 자랑삼아 달리면

빛나는 흰 레이스를 걸친
복숭아 빛 얼굴을 등에 태운
무지개 밟는 비마가 되고 싶다

처음부터 끝까지 그대와 함께
끝없는 초원을 경쾌하게 질주하는
단꿈을 마신 젊은 비마이고 싶다.

옥천을 지나며

정지용의 고향마을 하계리를 지나
먼 산봉우리에 하얀 구름이 걸쳐지면
나의 가슴은
아련한 그리움으로 가득 찹니다

금강줄기 따라 흐르는
추억이 울컥 내 어린 시절로
버스를 타고
흙먼지 펄펄 날리며 신작로를 달립니다

강 건너 조약돌 널브러진 강변
까마득히 높게 선 미루나무에
지금도 매미소리가 한창이건만
대청호에 묻혀 버리던 그날이 아쉬워

지나는 길은 더디기만 하고
지금쯤 외갓집엔 누가 살고 있는지
추풍령 오르기 전
금강휴게소에 쉬라 손짓하네요.

닮은꼴

고속도로에 접어들면
맨 처음 운전하던
흥분이 되살아난다

좌측 깜박 우측 깜박
깜박이신호등처럼
스키장의 스키어들이
출발 전 머릿속에 그리던 기문을 헤듯
목적지에 가는 길을 되새겨본다

인생길에 나타날 기문은
몇 개 남았는지 모르지만
좌회전 우회전
빠르게
자세를 낮추어 균형을 잡고

속도에 박차를 가하는 스틱질은
고속도로 달리는 자동차 운전이나
평생을 달리는 인생길이나
스키장의 활강이나 닮은꼴이다.

본 대로 느낀 대로

나신의 여인들이
자연 그대로 서 있다
올리브유라도 발라주고 싶다

구름이 걸린 커다란 의자
하늘에 닿은 만리장성은
전혀 문제가 안 됩니다

남자가 여자 되고
까까중 스님들이 머리털이 나고
그걸 보고 요술이라 하지요

하하~ 그림 전시장에 가면
구도가 어떻고, 색상이 어떻고
상상력과 예술성이 뛰어난

고개를 끄덕이면 개뿔
텅 빈 머리에서
깡통소리에 두 손이 허우적댄다.

함티 가는 길

마당산 기슭 성황당 고갯길에
달아맨 오색 천에 맺힌 한이
나뭇가지에 걸려 나풀거리면
돌 하나 주워들어 정성 들여 쌓고

바람 따라 늘티 지나면
굴참나무 그늘에 소란한 매미소리
여름 낮 불붙은 발바닥을
솟는 샘길에 맨발을 밟아 식히면서

보채며 늘어진 다리를 잠시 쉬어 달래고
산모퉁이 지나
국원리 주막집에 웃음소리 들리면
금강이 흐르는 함티도 멀지 않았으리

방앗간 쉬는 틈타
풀 뜯기에 싫증난 황소도
되새김질로 시간을 보내고

콩밭 열무도 두 뼘은 자라
방학이면 찾아올
아이들을 기다리는지

접시꽃 어우러진
함티*로 가는 길이 꿈길 같다.

*함티: 충청북도 옥천군 군북면에 있던 마을, 대청호에 의해
 수몰됨.

용오름

험한 구름을 뚫고
베수비오*의 화산 같은
용오름이 시작된다

누군가 소원이 이루어지듯
먹구름 속에
신비세계가 하늘로 이어지고

여의주가 탐이 난
이무기의 심술이
굵은 빗줄기를 퍼붓듯 쏟아지면

천년을 기도한 효험으로
소원이 이루어지는지
무지개 뜬 용오름이 눈부시다.

*베수비오 화산: 이탈리아 나폴리 근교에 위치한 화산

노라태풍이 불던 날

긴 해변을 따라
백사장에
파도소리가 켜켜이 쌓이면

잃어버린 시간들
저 너머로
기억의 조각들이 꿈틀대며 일어선다

한 많은 노라*의 분노로
뒤엎던 바다가 시간이 갈수록
젊은 날 그 시절이 그립게 다가오고

가슴에 새겨진 뚜렷한 문신은
모래언덕을 넘은 해변에
오늘도 네 개의 발자국이 남았을 게다.

*노라: 1962년 8월 초에 우리나라를 강타한 태풍.

바다

파도가 험할 때도 수평선은 잠잠했다
들끓던 욕망이 미운 바다는
낮은 목소리로 조곤조곤 타이르고

분에 넘치는 탐으로 자초한 채찍질에
성난 파도의 분풀이를
누가 있어 바다를 낭만이라 노래를 했는지

두 손 모아 비는 기도는
어제의 평화가 간절하다

태양의 빛이 어머니 같은
인자한 손길이 어루만진 바다는
오늘도 신들의 정원에서 불어오는 바람에

푸른 산호초의 향기를 날라다
고운 백사장에 내려놓고
귀여운 모시조개 삿갓에 하얀 햇빛을 뿌린다.

중년의 강

노년의 문턱에서 내려다본
젊은 시절에 멀게 느끼던 중년의 강을
건넌지도 아득하다

그때는 그랬다
세상 모르던 웃음의 의미를 알았고
미니스커트가 어눌한 시절이 용감했다

고생한 또래는 십년을 앞서가고
힘들어도 웃어버릴 수 있는 잔주름이
여유 아닌 여유로 마음을 다독거리던 때

골짜기의 가파른 흐름을 따라
부딪치며 깎이며
넓은 들판을 가로지르는 중년의 강은
빠르지도 느리지도 않게 유유히 흘렀었다.

점봉산 그곳에 가면

엘레지 꽃이 피는 점봉산
하늘정원에 가면
고사목에 버섯을 기르는
뿔개미가 있는가 하면
곰개미를 노예로 부리는 불개미도 있다

진동계곡에 집을 지은 강선리에서
작은 점봉산 가는 길에
산제비도 날고 대왕 팔랑 나비애벌레가
한경나무 이파리로 집을 지으면
사향제비나비는 우화를 한다

망월사에서 옥녀폭포를
점봉산* 중턱에 살게 하면
유리하늘소랑 태양제비나비도
큰 멋쟁이 나비도 날겠지

곤충들의 놀이터 고추나무에
거품벌레가 집을 지으면 넝쿨딸기 새 순에
고동털개미의 진딧물 농장이 한창이고

포식한 무당벌레는
격렬한 짝짓기 그 뒤에 풀뿌리 찾아 여름잠을 잔다

온대림의 보고寶庫 점봉산
지금쯤 점봉산에 가면
벌개미취의 보랏꽃이 한창일 게다.

*점봉산: 강원도 설악산 옆에 있는 산.

새벽별 · 1

오신 지 모르게
깊은 잠에 빠졌던 날
오늘따라 유난히 맑은 빛으로 오셨네요

세파에 지친
영혼을 씻어주시려
산바람 한파람 보내셨구요

통유리로 찾아오신
당신의 눈길은
가슴 두드리는 말없는 설렘으로

밝지도 어둡지도 않던 하늘에서
언제나 다정한 웃음으로
이슬 밟아 영롱한 모습으로 오십니다.

편지

책갈피에
오래 된 꽃잎 하나

아주
오래 전 담아 보낸 편지였지

하고픈 말 대신
하늘한 꽃잎 한 닢이었지

처음에는
그것이 사랑인 줄 몰랐지만

시집詩集에 꼭꼭 살아 있는 꽃잎은
영원한 나의 사랑입니다.

제13회 세계정구대회에서

말도 다르고
피부색도 생김생김이 다른
39개국의 젊은이들이여
정구라는 스포츠 이름 하나로
여기에 모두 모인 지 열세 번째

풍습이 다르고
음식도 다르지만
머문 동안 추억이 아름답게 새겨지고
평화의 메시지가 전 세계로 퍼지면 좋겠다

공 하나마다
함성과 박수가 뒤덮는 곳
7일간의 여정에서
그대들의 열정과 건강한 모습에 감사한다

아프지 말고
다치지 말고
그동안 닦은 실력 모두 발휘하여
너도 일등 나도 일등
모두가 일등이면 참 좋겠다.

아내와 재봉틀

우리 집에는 오래 된
아내의 손때 묻은 재봉틀이 하나 있다

손자 손녀 예쁜 옷을
며느리들이 사주는 것보다
만들어 입히고 싶은 마음
큼직한 엉덩이를
방석을 받쳐 앉아 바느질을 한다

헌 옷을 찾아 가위로 오리고
생각나는 대로
드르륵 드르륵 박음질에 시간을 보내면
엷은 미소에 만족감이 오는지
"이 옷 어때" 자랑이다

생활에 지친
뻥 뚫린 내 마음도 꿰매달랄까
재봉틀 소리에 하루해가 짧고
저녁준비로 잠시 쉬는 재봉틀에
만들다 만 옷이 신기롭다.

평화가 찾아온 날

폭풍 후의 햇살이
산뜻한 평화를 가져왔네요

구름 한 점 없는 하늘 밑
멀리까지 트인 시야에
하늘에서 별이 내리듯
당신이 오시는 날은
나에게 한없는 기쁨이었고

그대와 나란히 걷는 길은
기적 같은 내 사랑의 행복이었네요

뜨거운 입술 영롱한 눈망울이
한여름의 시련을 넘어
조용히 다져지는 믿음으로
넘치지 않는 호수같이 잔잔하면

때늦은 소쩍새가 가을을 방황해도
어느 날 숨어버린 개구리와 메뚜기처럼
조용히 눈이 오는 겨울에
당신의 포근한 가슴에 쉬고 싶습니다.

잊기엔 너무 아파요

언제부터인가
생활을 이고 짊어진 만큼
그대는 멀어져 가고 있네요

사랑만으론 살 수 없다고
모진 마음으로 눈물을 감췄지만
그리움은 지난 꿈속을 거닐고 있네요

때때로 가슴 저미는
인고의 세월만큼
멀리서 보내오는 당신의 소식은

비켜가는 바람처럼
비릿한 부둣가를 헤매어 가지만
힐끗 돌아보던 모습이 잊기엔 너무 아파요.

어찌 하란 말이냐

오늘 하늘은 뭉게구름
그 위에 궁전을 짓던 어린 꿈이
메말라 버린 지 오래
구름아 잃어버린 꿈을 어찌 하란 말이냐

새싹처럼 싱싱했던 마음이
세파에 시달려 삭정이가 되었구나
아무짝이 없는 이 가슴으로
무엇을 이해하고 누구를 찬양하리

동에서 서로
북에서 남으로 흐르는 구름아
태풍 걱정도 어제뿐
하루를 지나면 삼만삼천 일을 보냈구나

드는 나이에
땅 꺼지듯 한숨을 내쉬지만
못다 이룬 꿈이 나를 붙잡으니
구름아 어찌 하란 말이냐.

몸 따로, 마음 따로

일던 욕망을
모두 잠재우고
차분히 떠날 준비했는데

다시 부는 바람
살아나는 불씨같이
새로운 꿈을 꾸는 날

마음은 차분하게
천년만년 살고지고
몸이 먼저 알고 갈 길을 재촉하네

나의 시詩여
나의 희망이여
피우지 못한 꽃봉오리에 봄이 오겠지.

제 **2** 부

여름나기

황혼

오랜 동안
기다림도 있었지요

금세 달려가고도 싶지만
꾹 참기로 했지요

그리움이 더 커지면
그때 가서 말하겠어요

아직은 늦여름
촉남사*에 가고 싶습니다.

*촉남사: 달라이라마의 여름별장.

팔월의 밤

햇볕 좋은 날
꽃피운 창가에서
당신에게 안기고 싶은 날

팔랑대는 나뭇잎에
정신 팔린 바람이
몸살열기로 뜨거워지나 보다

종일 뜨겁게 달군
팔월의 여름밤이 한줄기 소나기로
한숨을 돌리고 나면

청초한 별빛에
간간 들려오는 풀벌레소리로
잔잔한 평화가 찾아오면 깊이 잠든 얼굴에

아마도
일찌감치
가을이 익어가나 보다.

여름나기

더위에 지친 아침부터
피곤한 눈꺼풀이 무거워지면

모두 잊고
깊은 잠을 자고 싶다

시간은 자꾸만 흐르는데
나도 이제 늙었나 봐 이를 어쩌나

졸음을 쫓으며
여름이 만든 그늘에 부채질이 한가롭다.

여름을 지내며

식을 줄 모르던 한여름 날
푸른 제복을 입은 벼들이 내뿜는
익어가는 냄새를 맡으며
장군인 양 늘어선 대열을 사열한다

올여름 유난히 더운 것은
단풍을 더욱 곱게 물들이기 위함이고
암모니아 조개 같은 씨 주머니가 털린
초라한 접시꽃 빈 줄기는
내년에도 그 자리에 더 많은 꽃을 피울 게다

지난해보다
많은 비의 내림은
올여름 뜨거워진 가슴을 진정하여
구월이 오게 하려 함이니
너무 덥다고 짜증내지 말자

한겨울 새우잠보다
선풍기 바람 앞에서 몸 식히며
오수를 즐김이 좋지 않은가
꿈속에서 매미소리가 자지러진다.

스콜처럼

후드득 후드득
지열을 휘감고 떨어져
땅을 비집어 적시는 소나기가
막힌 숨통이 트이는 것처럼 시원하다

여름 남자의 검은 피부에 흐르던
올망졸망 맺힌 땀방울로 떨어져
먼 기억으로 더듬어 오르면
흙냄새 피며 쏟아지던 남방의 스콜이다

야자나무 잎새들을
청초한 모습으로 바꾸던
이국의 한여름은 들러붙지 않는
건조의 더운 바람이지만

쏴아~ 밀려오는 소나기 줄기가
오늘따라 이국의 스콜처럼
달아오른 대지의 열기를 식히며
아이들 웃음같이 생동감이 있다.

울타리

아버님이 저를 보고
울타리라 하셨지만
돌이켜 보면
아주 허술한 울타리였네요

눈비가 와도
바람이 불어도
언제나 포근한 우리 집 울타리
그런 울타리가 못 되었네요

이제야
실한 울타리 되어 드리고 싶지만
이미 가신 지 오래
울타리가 못 돼 드린 불효를 용서하세요

밖이 훤히 보이는 낮은 울타리
꽃이 지지 않는
탐스런 울타리는 못 되어도
지금은 자식들의 버팀목이고 싶네요.

달개비꽃

천사의 푸른 눈물이
떨어져
파란 꽃이 되었나 보다

낮은 곳
응달진 곳 마다않고
뿌리내린 달개비여

억척스레 살고 지는 너는
오늘은 누구를 기다리는지
가냘픈 꽃잎을 바람에 흔들며

해가 넘어가고
바람이 불어도
긴 목을 뺀 오랜 기다림이다

늘상 지나치기 일쑤지만
오늘 만난 달개비꽃 속에
내 어린 시절이 들어있을 줄이야.

산아

산아 높은 산아
내 가슴은
너를 닮고 싶다

흔들리지 않는 진여眞如
고요 속에 샘솟는 시원한 소리로
산아 나는 네 가슴에 살고 싶다

허락할 듯 허락지 아니하고
허락지 아니할 듯 허락하는 너의 본심
굽어보는 세상은 둥근 것만 아니기에

산아 높은 산아
네가 만든 세상 속에 마주하며
하루라도 조용히 너와 살고 싶다.

산에 가면

산이 거기 있어
오른다고 했다
산에 가면 마음도 푸르고
만나고 보는 것마다 닮아간다

풀향기 맡으면
나도 풀이 되고
솔바람이 불면
마음도 한층 더 한가롭다

떡갈나무 잎새의 풍요도
생강나무의 순수함도
키 작은 노가지의 앙칼짐도
없거나 있어도 좋은 길에

뻐근한 다리를 풀어 쉬면
이마에 흐른 땀도
등을 적신 가벼운 무게도
모두 내려놓은 봉우리의 상쾌함이 행복할 뿐

하늘은 맑고 시야도 넓어
호연지기에 새로운 사나이가 된다.

누가 이런 줄 알았나요

세상일 모르고 산다는 것이
얼마큼 큰 행복인 줄 이제야 알았습니다
무엇인가 기다린다는 일이
얼마나 큰 행복인 줄 이제야 알았습니다

금혼식을 보낸 입원실 노부부의 믿음이
우리를 눈물이 나도록 행복하게 합니다
그저 살아만 있어 같이 숨 쉬는 일로
추억을 더듬는 노부부의 오늘이 마냥 행복합니다

다시 태어나면
수녀나 비구니가 되어
당신을 위해 빌겠다는
할머니의 그 마음이 센 머리만큼 아름답습니다

노부부의 눈길이 머문 창문에
가을을 재촉하는 비가 흩뿌립니다
짙은 행복이
이런 것인 줄 이제야 알았습니다.

오월의 향기

오월의 하늘은 어머니 얼굴입니다
자식들이 바라보던 후원의 절대자
엄마는 세상 두려울 것이 없고
포근하고 강했던 지난날들이

라일락 향기로 짙은 오월은
어머니 처녀적의 고운 추억이 깃들어
새색시 수줍던 미소로
소리 없이 웃던 혼례를 올리던 계절

구름꽃 만발하는 산속에도
검푸른 바다 하얀 포말의 항해도
긴 여운 밤하늘에 뿌리는 차창 불빛도
어머니를 닮아 마음으로 저려옵니다

배냇저고리가 품에 안기던 오월은
어머니의 향기로 가득합니다
푸른 오월의 하늘 높은 곳에
변함없이 그 위에 당신이 있습니다.

꽃길에서

꽃길을 걸어온 날
가야 할 길과
가끔은 걸어온 길을 돌아보면

걸어온 내가 밟은
자국마다 뿌려지는 꽃씨로
가을이 되면 꽃길로 태어나럼

걷던 길이 항상 옆에 있지만
뛰는 가슴이 걸러뛰며
갈 길 재촉하던 섧던 세월을

지나치는 세월마다
꽃씨를 뿌리면 가을이여!
항상 같이 걷고 싶은 꽃길이 되럼.

작은 소망

꿈과 현실을 오가며
방황하는 내 영혼은
과거와 현재에 혼재되어
스스로의 속박에서 몸부림친다

나의 탈출구는 무엇일까
나의 탈출구는 어디에 있을까
몸집이 거대해진 지금은
좁은 문으로 나갈 수 없다

체중을 빼어 마르든지
날개를 달고 비상하든지
허망한 꿈은 공상일 뿐 희망이 아니다
나를 위하고 사랑하는 가족들과 이웃을 위해
작은 꿈이라도 꾸고 싶다

단 하루만이라도
우화되어 날고 싶다
봄, 여름, 가을, 겨울로 보내던 일 년을
겨울, 봄, 여름, 가을로 보내고 싶다.

바다의 얼굴

바다 빛은 시시때때로 변한다
가끔은 스펙트럼같이 황홀한 줄무늬로
내려쬐는 햇빛에 그을려 짙푸르다가
짙은 녹색의 정오를 지나면
세상은 온통 에메랄드빛으로 덮여
시간이 흐를수록 카멜레온은 검푸르게 변해 간다

항상 한가운데
늘 같은 바다의 심장을 지나며
몇 시간이고 때때로 바라보지만
말없이 띠는 표정은 낮부터 밤이 되어도
똑같은 모습이 하나도 없다

야광충이 흐르는 밤의 바다에
돌고래 같은 모험심으로
항해를 하다가 만난 거북이 한 쌍
바다의 깊은 가슴을 헤엄치는 느린 세월이
수백 년을 살아온 영물로 길손을 배웅하나 보다

삶의 꽃밭에서 난무하는

나방의 세상에 길들여진 우리는
가끔 도시의 소음이 그리워지면
붉은 흙 밟고 서있는 솔수펑이의
무명 섬에 해적처럼 올라 쉬고 간다.

　　　　(월남전으로 항해하며)

고구마

개망초 하얀 길로
오실 당신
참외꽃도 노랗게 핀
두렁에 누워 힘껏 뻗고 싶다

올여름이
가기 전에
가슴에 품은
알토란같은 마음을

해질녘
푸른 솔은 더 푸르고
사모하는 정
붉게 더 붉게 익어가는 여름

한 때는 감저라는
이름으로 살았고
지금은 고구마란 이름으로
사람들의 사랑을 받으며 살고 있음이라.

여름날 아침

— 산책 · 3

유월의 짧은 밤
첫닭이 알리는 아침이 오면

뵈지 않아도
당신이 와 있음을 압니다

소리 없이 왔다 가는
상큼한 감촉도 좋지만

지나가는 가느다란 노랫소리도
첫사랑처럼 정겹습니다

거세게는 불지 마세요
약한 여자의 여린 마음이니

산에서 내려오는 산들바람같이
이 아침 조용히 안아 주세요.

행복을 만드는 여인

한 두 해가 아니고 때마다
풍성하게 만들던 행복의 시간에
아이들은 언제나 기다려지는 시간

엄마의 손맛을
정성이 곧 맛이라 하여
덕분에 우리 식구 모두 건강합니다

당신이 만드는 그 행복 속에
우리는 안주하며
꿈도 꾸며 미래를 설계했지요

간혹 불평이 쌓이는 날도 있지만
그 날은 당신이 아픈 날
내 서툰 솜씨로 만든 음식이 간이나 제대로 맞겠습니까

어쨌건
우리는 당신만 바라보는
해바라기 가족으로 행복을 담습니다.

낙지젓갈

바다향기가 곰삭아
젓갈이 된 낙지

하얀 보시기에 앙증스레 담기어
다소곳 기다리는 여염집 밥상

입내 나는 할아버지보다
차라리 열일곱 꽃띠 아가씨가 좋지

나 데려가면 안 될까요
빨간 입술이 오물오물

갯내음에 파도치는 그리움에
바다향기가 물씬 풍기는 낙지의 삶.

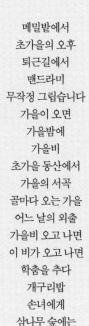

제3부

가을이 오면

메밀밭에서

코끝에 맴도는 가을에
그대가 떨군 눈물 방울이 지듯
붉고 가는 몸매에 하얀 꽃망울이
그리움을 토하듯 가녀린 가지마다
하얗게 핀 순정을 바람에 날립니다

달빛도
가던 길 멈추고
소복한 여인처럼 다소곳이 앉아
풀벌레의 힘을 빌어
목 놓아 울어줍니다

무슨 한이 이리 많길래
맺은 열매마다
심장에 비수를 품고
빗겨가는 세월에 처절한 몸부림인지요

이 밤 새고 나면
미련 두고 떠나야 하는 나그네
달빛 따라 하얗게 바랜 가슴에
붉던 마음 찾아 홀로 떠납니다.

초가을의 오후

게으름을 피워도 좋은 오후
나른한 어깨를 추스르고
아직 가보지 못한
미지의 세상으로 나선다

혹시 가다 보면
세쌍둥이 원앙이 헤엄칠지도 모르고
날개 달린 잉어가
물 위를 날고 있을런지

나처럼
저 물푸레나무가
행길을 뚜벅뚜벅 걸을지도 모른다

흰 구름 손짓 따라
마냥 떠나고픈
초가을의 오후이다.

퇴근길에서

봄의 이사도라 덩컨 따라
흐드러지던 벚꽃나무 가로수
지금은 빨간 단풍이 속내를 적시네요

내년 봄에도 이 길을 꾸밀는지
바람이 불 적마다
별 같은 꽃받침도 뿌려 놓고

붉다 못해 까만 열매가
우리들의 마음을 사로잡듯
초가을 단풍에 세월만 빠르게 지나갑니다

아직은 포도 위에 햇살이 따갑지만
가을이란 생각이 드니
허전해지는 퇴근길입니다.

맨드라미

선한 바람이 좋아
들창을 열면
깨끗이 쓸어 놓은 마당가에
줄지어 핀 맨드라미꽃이 인사를 하네요

사대부집 아낙들의 바람은
지아비 벼슬이 높아져
숙부인도 되고
정경부인도 되는 것을

그 옛날 잘 살며 존경받는 일은
오로지 벼슬길에 나가
벼슬에 오르는 일이지만
마음까지 파는 선비는 없었다는데

출세와 벼슬길이 담긴 염원의 꽃이여
한여름 뙤약볕도 마다않고
몸부터 붉어지는 정념正念의 꽃으로
붉은 벼슬이 늦가을까지 당당하구나.

무작정 그립습니다

오늘은 무작정
당신이 보고 싶습니다

딱히 그리워해야 할 이유가 없어도
허전해진 가슴에
당신이 보고 싶습니다

밝은 태양 아래
맨드라미 꽃술이 더욱 붉은 가을
연분홍 은은한 목백일홍
향기에 취한 것인지

그도 아님
휘이휘이
끝없이 펼친 초가을 들판을
쏴~ 바람이 지나서인지

오늘은 무작정
당신이 보고 싶습니다

멀리 있어도
다소곳이 기다릴 당신 모습
그리워 허전한 이 마음을
지나는 높은 구름에 실어봅니다.

가을이 오면

이 가을엔
구름도 높이 흐르고
밀잠자리도 높게 납니다
덩달아 내 마음도 높아집니다

하늘 따라 파래진 마음에
정처 없이 훌쩍 떠나고 싶네요
산 그림자 지는 강촌도 좋고
은행잎 노랗게 물든 산사도 좋고

추수 전
황금빛 들녘을 건너
그대와 행복으로 찾아다니던
바람 이는 어촌에 가고 싶습니다

이 가을엔
높은 하늘에
다정하던 당신 모습 그리며
깊이깊이 빠지고 싶은 가을밤입니다.

가을밤에

휘영청 밝은 달빛 아래
가냘픈 풀벌레 소리에도
그리움의 갈증으로 목이 탑니다

바람에도 흔들리는 엷어진 마음에
세월이 흐르는 소리가 들리면
수평선은 그리움이 출렁이는 바다였습니다

바람소리에 떨어지는 낙엽은
텅 빈 가슴에 사무친
애타는 그리움만 쌓이고

화려한 미명이
산하를 내보이는 아침 오면
천진스런 추억으로 이 가을을 보내렵니다.

가을비

무엇이 그리 고까운지
헝클어진 구름의 산발이
산골마다 험하구나

내려앉은 우중충한 하늘이
찌푸린 얼굴 사이로
나뭇가지 흔드는 스산한 기운

며칠이나 비가 더 올까
통유리에 뿌리는 빗줄기가 어수선한 오후
이런 날에 생각나는 어머니의 얼굴

여덟의 자식 입 때문에
백리를 마다않고
목이 눌린 광주리 행상에

비 오는 날이면 관절통으로
빗방울이 원망스럽던
어머니 흘리신 눈물이 보석처럼.

초가을 동산에서

그대를 뒤로하고 오른 산에
솔바람이 하늘을 가르며 붑니다
찌든 생각도 벗고 가슴도 텅 비워
잿빛 높이 하늘을 무심히 바라보면

애증의 세월을 얼마나 보내야
원망을 지울 수 있는지
욕심을 버린다는 것은 말뿐
머리는 생각지만 가슴이 말을 듣지 않습니다

비온 뒤의 숲에는
가랑잎버섯의 천국이지만
암녹색으로 짙어진
나뭇잎은 가을준비에 바쁘답니다

솔바람이 불어오네요
흘린 땀도 멎고
또 다시 생활로 돌아가는 시간
씻은 만큼 비워진 마음으로 내일을 맞이합니다.

가을의 서곡

몸서리치게 그립던 애틋함도
봄의 환희가 사라지듯
담담하게 흐른 세월 속에
잔잔한 잔영으로 일을 마친 마른 풀잎이
바람에 나부끼는 가을철이 옵니다

산 그림자 지는 강가에
너울지는 물 위에 비친 불붙은 산하
다시 잊었던 당신의 발길은
소리 없이 찾아드는 애증의 강으로
오늘 하루도 젖어드는 천진스럽던 어린 시절

타오르는 갈증으로
채워질 줄 모르는 텅 빈 가슴
한쪽을 비워두렵니다
당신이 하는 말 귀담아 듣고
오래도록 간직할 마음에 비운 가슴으로 기다립니다

나는 언제나 미련의 모순에 빠져 제자리를 맴돌다
개구리도 뱀도 갑자기 없어지듯

쓸쓸하게 바뀐 시간 속에서
뒤늦게 찾아가는 가랑잎으로
가을의 마아가 되어 방황합니다.

골마다 오는 가을

겹겹이 둘러친 산줄기마다
골골에 삶이 깃들어 사는 곳

애틋한 정으로 사랑도 키우며
멀리 볼수록 푸른 산자락의 그림자를
두 손에 가득 모아
오늘 따라 묵향 속에 맘껏 그리고 싶다

새들의 합창이며
소리 따라 피는 꽃잎의 손짓도
깊은 골 휘도는 계류의 맑음까지
노란 산국의 향기가 퍼지는 햇볕 아래
호랑나비 날갯짓은 느린 시간에 나풀거린다

싱그러운 바람 속에
이름 없는 신선으로
구름 따라 천천히 가는 나그네
딱히 붙잡을 사람도 없어 좋은 하루를
마음 가는 대로 떠나고 싶은 그런 그림 속이다.

어느 날의 외출

오늘은 모처럼
한가한 일요일
초가을 날씨가
그냥 내버려두질 않네요

들국화 피어나는 들도
녹음이 짙어진 산도
하얀 포물선을 그리던
골프장에서도 오라 합니다

다 집어치우고 지팡이 앞세우고
금광호수에나 갈까 합니다
비스킷 하나 사들고
산에나 갈까 합니다

벼가 익고 메밀꽃 하얀
들판에 서성일까 합니다
갈팡질팡 빈 마음은
하늘에 뜬 구름 따라

발길 닿는 대로 떠나렵니다.

가을비 오고 나면

이 비 가고 나면
가을이 성큼 다가오리니

샛노란 국화향이
높은 하늘에 퍼지면

덩달아
마음에도 가을이 오누나

천천히 걷는 걸음이건만
세월은 왜 이다지 빠른지

얼굴에는 주름이 적다만
찬바람은 가슴에 파고든다.

이 비가 오고 나면

높지 않은 하늘에서
가을비가 내리니
키 작은 코스모스가 서둘러 찾아왔네요

한껏 자라던 주목나무 우듬지에는
아직 봄이 매달려
움츠린 목을 들어 생각이 깊네요

고추도 붉어지고
밀잠자리 떼지어 나는 가을날이
풀밭의 이름 없는 풀벌레를 재촉합니다

서늘해진 바람이
울 넘고 담 돌아 어디론지 가버리고
머지않아 곱게 단풍이 들면

산 그림자 길어지고
갈대 나부끼는 가을이 오면
익어가는 사과밭이 가슴을 두드립니다.

학춤을 추다

햇살이 맑은 가을에는
인적 없는
현곡리 계곡으로 가겠소

흐드러진 노란 들국화 짙은 향기와
해맑은 모습이 보고 싶어
호랑나비 날갯짓으로 날아가겠소

가을 햇살에 익은 조롱박
하얀 미소의 환영을 받으며
싸리 울타리 넘어 그곳으로 가겠소

가다가 고추잠자리를 만나면
안부를 묻고
청초한 그대 기억으로

평생을 사모하는 정을 엮어
구름에 두루마기 빌어 입고
학춤을 추러 가야겠소.

개구리밥

너는 흙을 마다하고
물속에 몸을 담구어
수면에 얼굴을 빠꿈이 내밀고

푸른 하늘이 물위에 비쳐
네 모습이 한층 평화로운데
조용한 오후 백로도 날아와 쉬는 연못에

옛이야기를 속삭이는
소리 없는 잉어들의 이야기만
연못 위로 동그라미진다

가던 길 멈추고
네 소리에 귀를 기울이면
나도 그동안 참되게 살았나 보다

요즘 가을 햇볕이 꼭 내 마음 같다.

손녀에게

어느 날
훌쩍 커버린 네가
가을 뜰에 코스모스처럼
가냘프다

귀염을
독차지하던 모습은 어디로 가고
어느덧
의젓한 여학생이 되었구나

또박또박
네 생각을 얘기하는 모습이
대견스럽기도 하지만
세월의 빠름에 깜짝 놀랜다

모쪼록
마음도 몸도 건강하게
무병장수하며
언제나 예쁜 천사가 되려무나.

삼나무 숲에는

지금쯤 삼나무 숲에는
가을하늘을 머리에 이고
서늘한 바람이 일 게다

둥기둥기 얼레는
밀잠자리 떼지어 날면
쑥부쟁이 보라색 꽃향기도 하늘에 퍼질 게고

지금쯤 삼나무 숲에는
그대와 걷던 한적한 오솔길에
시원한 바람이 불 게다

엷은 햇살 나부끼는 날
소원은 켜켜이 쌓인 낙엽처럼 세월을
변하지 않는 가을바람이 잔잔히 불 게다.

제 4 부

전방의 겨울나기

당신에게 드리는 글

미치도록 당신이 보고플 때
나는 하늘을 우러러 보면
남쪽 하늘에 뵈지 않는 십자성이듯이
뵈지 않는 당신 얼굴이 비칩니다

산들바람에
팔랑이는 나뭇잎들과
서걱대는 갈대의 가을이 오면
그리움에 가슴이 빠개지듯 아리고

치마폭을 끌던 야윈 길에
풀들도 노랗게 물이 들어
소리 없는 달구지가
세월을 싣고 갑니다

고운 단풍에
들국화 향기 적시어
주소 없는
그대에게 편지를 쓰겠습니다

그대의 노란 들국화에
그 옆을 날으는 호랑나비가
우리들의 바람처럼
가을은 그렇게 깊어갑니다.

잠 못 이루는 밤이면

한밤
낙엽이 수북이 쌓이는
잠이 오지 않는 밤이면
나는 화선지를 벗 삼을 게다

달빛이 푸르게 퍼진 삼라만상에
침침해진 눈
떨리는 손이지만
정성을 다하면 별님도 빙그레 웃겠지

천자문도 좋고
다라니경도 좋고
성경의 구절이나
옛 시인들의 노래도 좋을 게다

흠뻑 빠졌다 돌아온 시간
몇 점은
사랑하는 후손들에게
간절했던 이 마음을 전하고 싶다

묵향이 코끝을 스치는 밤
한 자 한 자 큰 글씨로 써 내려가면
매경한고발청향梅經寒苦發淸香*이라던가
오늘밤은 매화의 향기 속에 잠들고 싶다.

　　　　*梅經寒苦發淸香: 매화는 추운 고통을 이겨내야 맑은 향기를
　　　　　뿜나니….

보고 싶어요

단풍이 고운
뜨락을 거닐며
뒹구는 행복이, 오래 갈 줄 알았지요

찬바람이 불기까지
이대로
멈추고 싶은 충동이 일지만

세월은 우리들을
철없다 하고
잔잔한 희망마저 퇴색하는 시절

오늘 같은 날은
나를 위해
눈물을 흘리던 그 여인이 보고 싶습니다.

전방의 겨울나기

한겨울, 얼어버린 동면저수지*
때마다 들리는 맑은 반향은
얼음이 금가는 소리가 짱~짱~ 짱~짱
미끄러지듯 살가운 흐름이 그 위를 가릅니다

한나절 얼음을 지친 쾌속이
훅~훅 더운 기운을 내뿜을 때
벌게진 얼굴에는
모락모락 오르는 김이 서리고

유일한 저수지의 숨구멍에
엎드려 입을 대고
갈증에 들이키던 물맛이
더없이 시원하던 스케이팅의 젊음

솜방망이 횃불 밝힌
간이스케이트장에
평원을 줄지어가는 순록들의
거친 발자국같이 깊은 겨울을 건너고 있을 게다.

*동면저수지: 양구에 있는 저수지. 중동부 전선에는 겨울철 스케이트로
 몸을 단련한다. 군복무시절 부대창설 기념일에 부대대항 스케이트 시합
 이 열리었고 많은 에피소드에 긴 세월이 지나도 그 시절이 마냥 그립다.

낡은 군복의 설움

낡은 군복 한 벌
버렸어도 여러 번 버렸을
간직하다 입어보고 벗는 낡은 군복

내 청춘 내 꿈이
고스란히 깃든 긴 세월
찬란한 미래의 꿈은 얼룩져 식어가고

얼룩무늬 개구리복은
산 넘고 물 건너
퇴색한 장군의 꿈이 오늘을 서글프게 하네

명찰도 선명하고
계급장도 뚜렷한데
빛바랜 추억은 어제처럼 생생하네.

나이가 들면

나이 칠순이 넘게 되면
조그만 일에도 서운하고 가슴이 허전하다
지하철의 경로석이 처량해 보이고
생일케이크의 촛불도 셈하기가 어설프다

어버이날
가슴에 달아주던 카네이션이
아름답지만 아니하고
쓸쓸한 바람결에 하늘마저 공허한데

오십이 되면 체크세대라 했던가
'이상 없음' 이라 찍히던 신체검사표에
'정밀관찰을 요함' 이라는 단어로 바뀌어
이뿌리가 흰개미의 먹이가 된 듯 사그라들면

마음으론 갓 잡던 움직임도
한 박자 늦어져 계면쩍은 웃음으로 넘기며
마음대로 음식마저 먹지 못하는 서글픔이
탁해진 혈류처럼
할머니, 할아버지란 말에 익숙해진 지 오래다.

상백마을* 노부부의 사랑

오지마을 상백에 여름이 오면
별빛 초롱이던 짧은 밤을
초가지붕의 컴컴한 방에 걸어두면
동트기 전 잠을 깬 할아버지의 새벽은
봉지담배 한 개비 말아 피면서
할 일을 찾아 기억 속을 부스럭댄다

때 이른 아침 외양간 투레질에
여물 가득 퍼주던 할아버지 손길이
수박 따러 흰둥이를 앞세우고
바소쿠릴 어깨에 메면
아침 햇살의 달콤한 늦잠에 일찍 핀 메꽃이
할머니의 처녀시절만큼 예쁘다

전기밥솥, 가스레인지 밀어두고
구성진 화덕에
밥 짓는 할머니 마음에는
친정집에 모락모락 피던 하얀 연기와
구수한 숭늉을 좋아하는 할아버지 얼굴이 비친다

한낮의 정자나무 그늘에는
말없이도 눈빛 하나에 서로를 알지만
말없는 대화가 늘 그랬듯이 허탈하다
그래도 웃으며 담뱃값 건네는
할머니 마음은 아직도 연분홍색이다.

*상백마을: 충북 진천군 백곡면 청학동의 오지마을.

심봤다

햇빛을 가려진
반그늘에서
백년 자라고, 천년을 살아

어느 때는
동자로 환생하고
어느 때는 산신령으로 둔갑하여

효심 깊은 선남선녀의
소원을 들어
인간들의 몹쓸 병을 다스렸거늘

그 옛날얘기 속에 턱 고인
어린 동자 시절
나도 그 속에 살고 있었네

지금은 어데 가면 만날 수 있을까
심산유곡을 뒤져도 동자와 신령은 간 곳이 없고
심봤다 메아리만 산 저편에 공허하다.

늦은 바람

한 움큼
약만 먹어도 배부른 아침
산다고 사는 것이 아니네

후회는 아니지만 딱히 잘한 것도
못한 것도 없는 인생
왜 이다지 미련의 끈 놓지 못할까

용솟음치는 욕망도 없고
가슴 뛰는 설레임도
어디로 갔는지 지는 석양이 잔잔할 뿐

바라는 것은 남은 인생
추하지 않게 조용히
홀가분히 떠날 수 있으면 좋겠다.

정情

정이 따로 있다더냐
살다 보면 드는 정을

미운 정
고운 정
아는 정 모르는 정
봉숭아 물들듯 은은하게 드는 정

먹고 마시고 같이 있기만 하여도
모르는 사이 깊이 스며들어
새겨지는 정으로

가는 길
서럽고 서러워
새록새록 나는 생각에 갈 길이 늦어지네.

2월의 기다림

내 마음은 항상
솔베이지 여인처럼
기다림이 길다

깊은 겨울에는
새싹이 움틀
초봄의 기다림이고

찬란한 신록에는
그대의 싱그러운 향기를
먼 여행에서 돌아오는 꿈

밤 열차의 긴 여운
뱃고동의 슬픈 목소리
겨울잠 자는 공주의 엷은 숨소리…

그래서 기다리다
지친 연하의 남자는
이월은 슬프다.

이별을 탓하지 않으리

떠나도
고깝게 생각지 말라
다짐하고
훌훌 털어버리면 그만인 것을

정이란 녀석
마음의 해면체 깊숙이 빨려들어
지워도
지우려 해도
모질게 솟아나는 정

갈증을 풀어주던
맥주의 첫잔 같은 너
아침의 커피 한 잔의 여유로
맑은 새소리의 행복이
같이만 있어도 좋던 시간

목울대 치미는 그리움 같은 정아

때문에
마음이 흐려질 것 같아
마시지 않던 갈색의 망각
이제
이 밤 가기 전에 한 잔 가득 마시고 싶다.

겨울 산사

댓돌에 시간을 쌓아두고
벗어놓은 하얀 고무신 한 켤레
숨소리조차 들리지 않는
동안거의 참선방이 을씨년스럽다

가끔 바람만 심술궂게 왔다 갈 뿐
움츠린 석탑도 석등도
파란 하늘에 얼어붙어
좌선의 무념은 시간가는 줄 모른다

돌담 위에
또 쌓은 마음들의 작은 탑
손 모아 드린 기원은 저마다 달라도
올리고 또 올린 공덕의 바람

푸른 산죽과
이끼가 낀 굽은 솔숲은
먼저 깨우침을 얻었는지
참배 온 객을 맞아 묵언으로 답을 하네.

집짓기

내가 만약
집을 짓는다면
나무가 우거진 숲정이
산 밑에 집을 짓겠소

그리고
대문 앞에는 자국紫菊을 심고
뜰 앞에는 황국黃菊을
뒤뜰에는 백국白菊을 심겠소

외출에서 들어올 땐
자국을 보며 세상에 찌든 이끼를 털어내고
황국에 마음을 밝게 하여
하얀 백국을 보며 마음을 비우겠소

앞마당에는 맑은 가을빛에 엿기름도 싹틔워 널고
고구마 줄기며 무말랭이도 삶고 썰어 멍석에 피겠소
처마 밑에 곶감이 마르고
친구가 그리우면
산에 올라 솔바람소리에 마음 비우고 내려오겠소.

배나무 과수원

누구인가 기다릴 것만 같아
먼 길 마다않고 달려왔지만
이 가을이 가고 나면 나도 오학년
서늘해지는 바람이 가슴에 분다

가랑잎이 지고
나이테가 쌓이면
가지마다 농심은 주렁주렁 열리고
조용히 여름 내내 익어온 세월이

하얗게
꿈꾸던 시절부터
뜨거운 태양을 삼키고
작은 소망을 키워왔다

사과 붉게 물드는 곁에서
내가 드릴 수 있는 것은
오직 그대 향한 청심淸心
파란 하늘처럼 시원해지고 싶은 과수원 길을

걸으며
또 걸으며 되새겨 본다.

낙엽의 독백

길가에 뒹구는 낙엽이
어쩜 나인지 모른다

무엇에 놀라 떨어졌는지
아니 한 철 할 일을 마치고
붉게 물들어 떨어졌는지
빛바랜 주검이 널브러져
행인의 발길에 채여 외롭고 슬프다

온몸을 적시던 습기마저
마르고 갈증에 부르짖음도
허공에 사라진 지 오래
들리지 않는 목소리로
지나는 바람에게 속삭인다

이제까지 힘껏 살았다
할 일을 다 하고
후회 없이 살았다
이 가을에 이제는 모두 벗고 쉬고 싶다.

마음은 거지

생선을 발라 입에 넣어주던
어머니의 정이 그리운 것은
세상을 살아가기가 힘들어서다

예전에는 고기가 먹고 싶으면
바다에 나가 고기를 잡고
산에 가서 토끼도 잡았다

택시를 타는 대신
버스를 타고 갔고
버스 대신 웬만하면 걸어서 갔다

열을 벌면 아홉은 쓰더라도
하나만이라도 갈무리하던 지혜
지금은 일하고 싶어도 일자리 없어 남는 시간

자식들마저 외면하는 세상이
시베리아 벌판같이 황량하다
따스한 햇볕에 온몸을 녹이던 행복이 그리운 오늘이다.

하나원*에서

어느 날의 조그만 만남은
설레임이었고
그들은 멀리 돌아온
내 동포요 내 겨레였다

두고 온 고향이 그리워
밤마다 울부짖은 오열은
가고 싶어도 갈 수 없어
더욱 그리운 고향을 가진 사람들

가슴에 고인 슬픔도
울먹이는 목소리도
막연한 미래에 대한 두려움으로
움츠릴 것만 같은데

밝은 표정과 꿈의 기대로
그들은 행복한 웃음을 웃는다
우리는 잠시 만나고 돌아가지만
처음의 어색함이 간절한 기도로 변한 지 오래다.

*하나원: 북에서 온 동포들이 이곳에서 생활적응 훈련을 받는 곳.

제5부

호숫가 찻집 풍경

호숫가 찻집 풍경

호숫가 오붓한 찻집에
삼삼오오 둘러앉아
감칠맛 나는 이야기가 오고가고

오후 잔잔한 물결 위로
서글픈 그리움이 몰려오면
거기에는 집시의 음악이 있다

골동품 악기의 녹슨 얼굴이
머무는 눈길마다
오랫동안 바랜 세월이 묻어나고

바람이 불 적마다
찻집 옆의 갈참나무 껍질에
재잘대는 여인들의 만남이 있다.

촌놈

물방개처럼
어정정정 걷는 나른한 걸음
묵은 세월 찌들어 곱던 얼굴
황소 잡던 패기는 어딜 가고

굽은 등과 성성한 수염
반백의 짧은 머리카락이
등짐 무게에 눌려
무릎마저 굽어졌나

중이적삼 반바지에
장화 신고 나서
논둑 길 휘적이는 한가로움은
딸린 식구 입에 삶을 퍼 넣기 수십 년

홍안은 주름으로 덕지덕지 곱이 끼고
세월이 나 좀 내버려두렴
쉬고 싶다 말하지만
허망한 세월 아무 대답도 없다.

수녀 할머니

병마의 고생 끝에
중환자실로 옮기자마자
할아버지는 이승에서 저승으로 떠났다

열아홉 전쟁터에서
총상으로 뒤돌아선 인생은
덤으로 살아온 긴 세월

예쁜 아내 만나
아들 하나
딸 하나 덤으로 얻고 살며

골골대는 아픔을 감추고
일생을 평온으로 살다가
하늘의 부름에 할아버지는 가셨다

다시 태어나면 비구니나 수녀 되어
할아버지를 빌겠다는 할머니를 뒤로 하고
다시는 뜨이지 않을 두 눈을 꼭 감았다

보일 듯이 들릴 듯이
웃음과 목소리를 남기고
어제 그제 그 할아버지는 갔단다

내일이면 나도 중환자실에 갈 텐데….

추억여행

건널목의 긴 신호음을 타고
수많은 애환이 엮인 백년의 세월
때로는 전쟁의 아픔도 있었고
신혼의 단꿈과 정을 찾아 떠나는 여행이었다

까만 석탄 가득히 도시에 내리려
숨찬 달음박질에 긴 한숨 내뿜는 날
휴일도 명절도 없이 밤낮으로
석탄 끌어안고 밤새워 태우던 가슴이다

지금은 삼백 킬로미터의 쾌속을 달리는 모습이지만
통일호가 제일 좋았던 그 때
새마을호 무궁화호 비둘기호와
일반실, 특실, 입석, 침대칸은 뵈지 않는 계급이다

입석으로 앉은 자리는 언제 주인 올는지
머무는 역마다 잘못한 일 없이도
마음은 안절부절 서 있자니 아파오는 다리
없어진 통일호의 추억 속에 기차로 여행 간다.

슬픔에 살다

슬픔을 사랑하는 나는
슬픔 속에서 뼈가 자라고
슬픔에 위로 받던 긴 세월이다

눈물만큼 순수한 마음을
애처로워 가슴 열어
정성으로 감싸 안으면

혹 배신으로
찢기는 아픔이어도
그들 슬픔까지 같이 슬퍼해 주리

사랑보다 이별을
이별보다 아픈 슬픔을
슬픔으로 순수한 희망이 솟아나리니

슬픈 자여
슬퍼하지 마라
천사의 위로를 받을지니.

허무라 말하는 것

나비가 되어
단물 빨아 목을 넘기는 순간
세상은 비틀거리며 허무해진다

먹여주고 재워주며
밤새워 지낸 꿈같던 시간
싸~하도록 후회로 무거운 발길은

격정의 휘몰이가 도사린 날은
정진으로 가는 길에 걸림돌이지만
살결 훔치던 허무로 미워진 날이다

사랑이며 예술이라 하지만
혹자는 죄라 일컬어 편리한 대로
승화시키는 절묘한 이론에 흔들리는 머리.

장독대 축제에서

따끈한 햇살로 몸을 덥혀
속속들이 익은 된장을 낳을 때
나의 어미도 한여름 땀으로 갯벌에 하얗게 바랬다

콩깍지 씌워진 어느 날 버선발로
점토로 구운 집에서 시집오던 날도
콩 삶는 가마솥은 푸~푸~ 노래를 불러
고운 몸으로 태어나건만 못생긴 사람들을 왜 메주라 부르는지

두 달의 합방을 청산하고
몸가짐 바르게 하라는 가훈
가슴에 품어 사대부집 요리부터
산고 치룬 여인의 미역국까지 우리들의 먹거리를 돌본다네

그 집안의 잘잘못 됨은
간장 맛부터 다르다, 라는 가훈은
여염집 여인들의 불문율
정화수 떠놓고 비는 곳도 여기 장독대라네.

*안성 소재의 서일농원에서는 매년 정월 대보름에 장독대 축제를
연다. 특히 간장과 된장을 전통방식으로 만드는 전문농원이다.

쥐가 되어 쥐처럼

생명의 위험을 안은 채
목숨도 아랑곳없이
암컷 쟁탈로
반자를 퉁탕거린 죄로 미움 받고

쓰레기를 뒤져
허기진 배를 채운
쥐라 하는 이유만으로
혐오의 대상이 된 지 오래

틈틈이 배고픔을
유혹하는 먹이에 눈이 팔려
덫에 걸린 자유
높이 들린 꼬리 발버둥 치다가

떨어져 머리가 깨지고
벌어진 입에 붉은 피를 물고
가물다 잃어버린 생명
반짝이는 작은 눈은 오늘도 시궁창을 더듬는다.

갈등

그리워도 그립다 하지 않는 것은
아픈 이별을 생각하기 때문이요
갈 수는 있어도 가지 못하는 것은
마음이 흔들릴까 해서입니다

전화기를 들었다 놓는 것은
할 말이 없어서가 아니라
목 메인 까닭으로
슬픔을 주고 싶지 않기 때문이요

가슴 빠개는 아픔이라도
참기로 했습니다
무염식처럼 덤덤해지려
고이지 않는 침을 억지로 삼킵니다

몸서리나도록 그리워도
그립다 말하지 않으며
아무런 약속도 하지 않고
바람이 지나가듯 말없이 보내렵니다.

네잎클로버

행운이 온다는
그 말이 너무 좋아
너를 찾아 온종일 헤매건만
찾은 네 잎을 자세히 보면 세 잎이네

네 잎은 아니어도
생김이 네 잎 같으니
네 잎이 아니면 어떠하리
네 잎보다 예쁜 걸

찾던 네 잎은 포기하고
하얀 꽃이 탐스러워
꽃시계 꽃반지 만드니
하얀 구름이 흘러가네

행운은
곧 행복이 아니지만
네 잎 찾아 헤맨 오늘이
행복한 네잎클로버구나.

방황

마음은 편히 쉬고 싶은데
헝클어진 실타래처럼
어디가 시작이고
어디가 끝인지 모른다

싸늘해진 기온마저
체온을 탐하는지
굽은 허리를
더욱 굽게 만들고

가라앉지 않는 생의 앙금은
잊을 만하면
가슴을 휘져서
다시 흙탕물이 되는구나

조여 오는
불확실성 때문에
어둠이 가시지 않는 거리를
들고양이처럼 방황하고 서있다.

이런 죽음이고 싶다

숨이 끊기는 날이
영혼의 방황의 시작인지
창을 열고 맑은 공기 속에
조용히 잠들고 싶다

자유로이 다닐 수 있는
내 영혼의 안식과
정든 사람들과 이별하는
자연사를 위해 힘을 비축하지 말자

쇠잔한 몸에
깃든 영혼이
쉽게 손을 놓을 수 있도록
몸도 마음도 미리 준비하자

그래서
가는 날은 고통 없이
웃는 모습으로 아름다운 음악에
고무풍선 날아가듯 살며시 떠나자.

도시의 숲에서

새벽은
깊은 밤으로부터 오는가
모두들 잠든 사이
서성이는 그리움은 시간 가는 줄 모르는데
도시의 숲에는
잠을 잊은 십자가들이
셀 수 없을 만큼 붉게 피어나고
믿음
소망
사랑의 실천이
모습을 어디에 두고
어둠 속에 냉정한 그림자만 무성한지
굳게 닫힌 문에는
삐걱 소리조차 허허롭다
찾아온 그들을 보거든 나를 본 듯 대하라
가르치심은 변함이 없건만….

응급실 풍경

그대가
뜨거운 계절을 노래할 때
나는 급박한 생명의 몰스부호를 듣는다

삐이 삐삐
모니터를 통해 나오는 심장 박동소리
호흡수와 맥박수
그리고 혈압이 일일이 체크되고
어느 것 하나 중지되면
적색 신호등이 켜지며 의료진은 부산해진다

계속되는 CPR
하지의 절제
간신히 목숨을 붙잡아 놓고
중환자실로 이송이다

24시간이 부족한 응급실
숨 돌릴 여유도 없이
이번에는 어떤 환자가 오는지
앰뷸런스의 사이렌이 다급하다.

호스피스 룸 · 1

영혼이 떠나는 장소
흐느낌만이 정적을 깨우고
모여선 자리는 항상 엄숙하다

돌아오지 않는 강을 건너기 위해
마지막 호흡을 몰아쉬면
다시 만날 저세상에서의 무언의 약속에

고요한 노래로 배웅을 하고
떠나는 영혼을 위해
기도하는 모습이 아름답다

오늘은 슬퍼도
내일이면 잊으리
뽀개지는 아픔도 다시 웃으리

기억 속의 알지 못할 과거는
사자만의 것으로 영영 묻히고
떠나가는 자리는 항상 외롭다.

호스피스 룸 · 2

늘 떠남이 기다리는 곳
속울음이 그치지 않는 임종의 시간이
아쉬움과 욕심 때문에
얼룩지지는 말았으면 좋겠다

한순간은 절규의 울부짖음으로
체념이 부르는 슬픈 노래는
가는 이의 애달픔이 아니라
남은 자의 격정이려니 목이 카랑카랑하다

이 세상에서
제일 슬픈 듯 짜는 가슴도
어차피 보내야 하는 길이기에
늘어선 격정의 검은 휘장이 드리워져도

간헐적으로 치미는 울음만이
주위의 사람들의 무관심한 별다른 세상 속이었다
호스피스 룸이라 정해진 곳
임종을 지키는 뜨거운 눈물이 객의 가슴을 적신다.

병원을 퇴원하던 날

열이틀 밤이
하룻밤처럼 지나버린 날

긴 터널의 갑갑함이
머릿속마저 울게 하나 봅니다

휑한 눈망울에
소복이 담기는 평화와

비틀거리는 발걸음이지만
새로운 희망이 함께 걷습니다

찬양하리라
찬양하리라

이 밝은 세상에 머무름이여
여러분의 우정에 머리를 숙입니다.

그곳에 항상 계십니다

소외된 사람들을 기다리며
떠나는 영혼을 품으시려
고통의 울부짖음이 안타까워
당신은 항상 그곳에 서 계십니다

눈이 오나
비가 오나
맑은 날이나
흐린 날에도

찾아와
뜨거운 참회의 눈물이 스미는 곳
얼어붙은 가슴도 녹이고
항상 구원의 손을 내미시는 곳

당신은 말없이
항상 그곳에서
기다리고 계십니다.

*보훈병원 동쪽 마당에는 조그마한 성당이 있습니다.

제6부

광대들의 노래

제3막2장 광대들의 노래 · 1

몸이 성치 않으니
마음도 약해지는지 자꾸만 눈물이 납니다

지극히 불쌍한 것도 아니고
아픔에 고통을 이기지 못함도 아니지만
정들었던 사람들의 얼굴과
해오던 일들을 못 잊은 아쉬움도 아닙니다

산골 계곡 물처럼 맑고
그 위를 흐르는 구름이
내 영혼에게 항상 같이하면 좋겠습니다

백일홍의 선홍색이
채송화의 빛바랜 노란색이
자꾸만 눈물을 흐르게 합니다

푸른 하늘을 비켜 흐르는
흰 구름이 자꾸만 눈물을 나게 합니다
높은 나무에서 지저귀는 새소리에도
알 수 없는 눈물이 흐릅니다

인생이란 것이
어느 틈에 쓸쓸해지는 가을 같습니다.

제3막2장 광대들의 노래 · 2

환자복에
콧줄을 달고 걸어온다

가슴 헤쳐 열고
누운 모습으로 달려온다

휠체어에 몸을 싣고
당당하게 몰려오는 군상들
웃음을 잊은 지 오래
그들의 바람은 생명의 연장이다

나도 지금 바라고 있다
숨을 거두는 순간까지 만이라도
또렷한 영혼이기를
그래서
아름다운 기억으로 꿈속에 이별을 하고 싶다.

제3막2장 광대들의 노래 · 3

사랑이란 이름의 허울
어리석게도 변할 줄 모르더니
세월 따라 그 모습 변하고
마냥 부풀던 고무풍선이 아니다

우정이란 허울
청평의 기울기는 아니지만
생명을 대신하는 우정은 사라지고 없는 것

검게 구름을 몰고 온 어둠이여
언제쯤 파란 하늘이 비치려는지
긴 세월 잊어버리고
몸 편히 뉠 생각에만 골몰했는지 부끄럽고

목숨을 대신하는 그런 우정이
언제 또 우리의 곁을 불 밝힐까
그들을 위해
찬양의 노래를 부르리라.

제3막2장 광대들의 노래 · 4

봄을 노래 부르던
굴 껍데기도 보내고

여름을 맞이하던
조개껍질이 하얗게 빛바래면

시원하게 하늘 닮은 바다는
가을을 축이며
햇볕에 타다 만 몸을 그을리리라

수많은 발자욱을 남기고 간 사연도
지금쯤은
파도에 휩쓸려
고운 백사장에는 물새소리만 한가롭고

철썩이는 물결 따라
나의 시름도 잊혀질까
눈 감아도 보이는 고향바다여.

제3막2장 광대들의 노래 · 5

여행이 그러하듯
인생의 여정도
순탄하지만은 않은 것은
나는 어둠의 긴 터널을
불안과 고통으로
그 끝을 향해 달리고 있다

희망의 빛이 멀리서 보이기 시작하면
간사한 마음은
또 감사를 잊는다

수많은 약속
그리고 바람이
거품 꺼지듯 사라진 자리에
또 다른 삶의 욕심이 꿈틀거려
새로운 고통을 다시 새겨 입으리라

처음 약속처럼
잔잔히 지키며 살고 싶어
느린 걸음으로 찾는 당신의 집
평화 속에 두 손 모아 조아려 본다.

제3막2장 광대들의 노래 · 6

주사바늘이
내 팔에서 파르르 떨지만
그녀의 온화한 웃음으로
통증마저 사라진다

매번 손짓마다에
기대와 믿음이
아리아처럼 가슴을 적시는 시간이면
평온하고 해맑은 권유의 목소리에
끝없이 순종하리라

힘든 일과지만
당신의 방문과 지킴에
감사를 드리며
이 밤도 무사히 보내려니
내일 아침에는 웃는 얼굴로 인사하리라.

제3막2장 광대들의 노래 · 7

– 황혼에 지다

잎은 시들어
황혼에 부는
바람에 나풀거리고

지는 그림자마저
길게 누워
석양에 흔들리는데

가을 가고
겨울 지나 새봄이 오면
새싹이 돋겠지만

늦여름 날 지는 잎은
기약할 수 없어
서글픈 눈물로 보내리니

빗겨 비치는 석양에
산 그림자 지는 산사에
오늘 따라 가는 길이 서럽네요.

제3막2장 광대들의 노래 · 8

- 우리 집

보이시나요
석양에서 내일 아침
교회의 종소리 위에 뜰 태양을

햇볕 너머
짙은 구름 속에
깊은 수면의 평화가 기다리고 있음을

바람에 저녁놀이 밀리면
어머니의 따슨 손이
기다리던 작은 우리 집

하루를 열심히 살아
행복이 깃들던 조그만 집
오늘 저녁은 내일을 위해 쉽니다.

제3막2장 광대들의 노래·9

- 오늘을 우네

제한전쟁에
어쩜 그리도 가는 길이 다른지
오늘은 목 놓아 울고 싶네요

채송화 한 포기에서도 느끼던 행복이지만
잘못된 목표에 살아온 날들을
속울음 속에 묻습니다

그대의 생각과 나의 보람이
똑같으면 얼마나 좋을까만
같이 가는 길이 행복이라 할 수 없군요

검은 구름 사이로 언뜻 보이는 하늘 때문에
오늘은 한없이 울고 싶습니다
그대가 아니라 나를 위해 울고 싶습니다.

제3막2장 광대들의 노래 · 10
- 링거병을 차고

링거줄을 다리에 매단 채
하얀 환자복이 거닐고 있습니다

오직
살려는 의지 하나로
뼈 깎는 고통을 감수하고
몸부림치던 다리를 휘청거리며

같이하는
링거병을 걸어두고 받침대를 밀지요
드르륵 드르륵 거친 바닥을 밀고

태양이 솟으려면
아직 먼 새벽을 서성이는 시간에
잠 못 이루는 밤을 지루하게 꼬박 새우네.

제3막2장 광대들의 노래 · 11

– 계절 노래

여름이 가고
가을이 찾아온 전나무 우듬지에는
아직도
이른 봄의 신록이 매달리지만

철모르던 내 어린 시절 같아
쉽게 보내고 말지요

봄은 또 찾아오겠지만
인생의 봄날은 한 번 가면
먼 추억으로만 가슴에 오지요
그래도
해마다 오는 봄은 기쁨이요
가을은 감사와 서글픈 이별이랍니다.

제3막2장 광대들의 노래 · 12

– 병실 채송화

어제인가
병실에 가져다 놓은
조그만 채송화 화분 하나

복도 맨 끝 베란다에 몸을 기대고
억척스레 살려고 뻗은 손아귀에
가느다란 희망이 꽃으로 피어난다

어쩌다가
하얀 환자복의 무거운 발걸음이 찾아오면
얇은 꽃잎을 벌리고
용기의 손을 흔들어 보인다

때로는 붉게
노랗게
하얗게
새로운 내일을 기약하듯
평온의 웃음으로 피어난다.

제3막2장 광대들의 노래 · 13
- 꿈의 조각들

오색찬란한 꿈의 조각들이
펄펄히 내려
도시의 온 세상을 덮습니다

색깔도 가지가지
노랑 빨강 파랑의 서로 다른 꿈의 조각들
그 안에 당신이 있어
더욱 황홀하고 아름답습니다

나는 하늘을 볼 수 있는 날을 헤아려 봅니다
태어나 사랑하며 지내온 날들이
생각하면 생각할수록
감사한 일로 두 손을 모으며 머리를 조아립니다

밤을 잊은 하늘이 달아올라
꿈의 거리를 달리는
사람들의 마음을 비치면
날이 밝아 새로운 얼굴로 열심히 일하겠지요.

제3막2장 광대들의 노래 · 14

– 도시의 초가을

멀리서
어둠을 쫓아 헬라 오시는 날
잠 못 이루는 도심의 십자가는
대신 짊어진 쇠사슬을 주렁주렁 달아
빛을 잃어가고

새벽종을 울리던 평화가
자동차의 소음으로
뒤덮인 지 오래

목이 꺾인 여름의 한숨이
꺼지도록 들리는 아침이면
말았던 멍석이 퍼지듯 헤프게 가슴을 연다

풀잎도 살찌우던 알뜰한 더위는
열매를 익히고 떠나는 의미를
풀벌레에 맡기어 노래하니

머지않아 포도를 구르는
가로수의 고운 허물이
길을 따라 수북이 쏟아질 게다.

제3막2장 광대들의 노래 · 15

– 행복

아프던 날
병원에 입원해서도
약봉투를 뜯어 만든 종이와 볼펜만으로도
나는 충분히 행복했다

그 속에는
내가 꿈꾸던 세상이 그려지고
가고 싶던 나라가 다가오고
정글과 맹호의 포효소리도 들리며
치타의 쾌속을 타기도 한다

콧줄을 낀 사람들의 빛 잃은 얼굴과
휠체어에 몸을 기댄 사람들
지지대에 링거병을 달고 미는 환자들
헤매는 영혼으로
머리를 박박 민 둥근 얼굴들

중국에서 돈 때문에 건너온 사람들
서로 어우러진 떠들썩한
입원병동이지만
이면지와 볼펜에도 감사하며 마냥 행복했었다.

제3막2장 광대들의 노래 · 16

− 잠 못 이루는 밤

잠 못 이루는 밤이면
내 영혼은 도심의 깊은 밤거리를 헤맨다

붉은 십자가의 행렬이 슬프고
도심은 빛날수록 어두워지니

불 밝혀 새우는 사람들은
밤을 거꾸로 사는 사람들인가 보다

여럿이 모인 병실은
규칙적인 호흡과 코골이로 밤이 깊어도

잠 못 이루는 이 밤이
왜 이리 긴지 의식 잃은 영혼들이 지켜보고.

제3막2장 광대들의 노래 · 17

– 자유의 노래

자유롭게 날던 새가
느닷없는 간힘으로
꽁꽁 묶여 버렸네

훨훨 날고 싶은 마음의 불안은
밖으로 새어 흘러
씁쓸한 웃음에 날이 간다

마음이 야위던
모처럼의 탈출
되돌아와야 할 제한전쟁

나는 새에게 자유를 주고 싶고
빼앗는 마음의 그늘에
긴 그림자가 빠른 걸음으로 나가리니.

제3막2장 광대들의 노래 · 18
- 제2의 생명선

젊은 시절
오랜 시간이 흘러도
아픔이란 것이 없기에
행복에 겨운 투정을 부렸다

병원에 입원하여도
건네는 맛있는 음식도
심지어 핼쑥한 얼굴의 동정도
탐이 나던 때가 있었다

이제 병이 나고 나니
제2의 생명선이 이을 수 있으면
헛되이 시간을 버리지 않으리
간절한 소망이 이루어져
밝은 햇빛 아래 환하게 웃고 싶지만

먼저 가고
나중에 가는 것은
인간의 소관이 아닌 듯하여
할 일 다 하고 기다리는 심정은 늦가을처럼 외롭다.

제3막2장 광대들의 노래 · 19
- 산다는 일

아침식전 약 1알(당뇨), 위장보호 약 1봉지
아침식후 약 10알(혈압, 뇌경색, 부정맥)
점심식사 전 위장보호 약 1봉지
점심식사 후 캡슐 약 1개(혈관염)

저녁식사 전 위장보호 약 1봉지
저녁식사 후 알약 5알(뇌경색, 혈관염)
취침 전 위장보호 약 1봉지
취침 전 알약 2개(전립선비대)

시간 맞추기도 힘들고
약을 고르기도 힘들다
이것이 제대로 사는 것인지
약기운으로 사는 것인지

그것도 모자라 시술도 해야 하고
시시때때로 혈당검사, 혈압검사
약 먹는 일이 일과 중 일과이니
내가 먹은 약이 한 보따리다
애고 이러고도 사는 것인지.

구름과 바람이 흘러가는 동산

•

지은이 / 황규환
발행인 / 김영란
발행처 / **한누리미디어**
디자인 / 지선숙

•

08303, 서울시 구로구 구로중앙로18길 40, 2층(구로동)
전화 / (02)379-4514, 379-4519
Fax / (02)379-4516
E-mail/hannury2003@hanmail.net

•

신고번호 / 제 25100-2016-000025호
신고연월일 / 2016. 4. 11
등록일 / 1993. 11. 4

•

초판발행일 / 2021년 5월 10일

•

값 10,000원

•

•

ISBN 978-89-7969-837-4 03810